世界奇景趴趴走

作者／貝雅蒂斯・維隆　譯／尉遲秀

這一年，歐爸爸和歐媽媽帶著尼克、小芙，
準備經歷一場不可思議的旅行。
他們要去欣賞美麗的風景，探索遼闊的地理環境，
還要去發現奇特的動物，以及拜訪當地的居民。
出發前，歐爸爸一家人檢查旅行的裝備：
照相機、折疊小刀、蚊帳、高領毛衣、睡袋、保暖帳棚……
是不是都已經整理好，放進行李了？
小狗旺旺準備好了，等不及要參加這次盛大的旅行囉！

上誼

La famille Oukilé globe—trotter © Editions Bayard, 2009
Complex Chinese translation copyright © 2014 Hsinex international Corp.
All rights reserved.

世界奇景趴趴走

作者／貝雅蒂斯・維隆　譯／尉遲秀
總策劃／張杏如　副總編輯／劉維中　主編／鄭雅馨　執行編輯／陳怡潔　企畫／曾于珊
美編主任／王素莉　美術編輯／劉曉樺　生產管理／黃錫麟
發行人／張杏如　出版／上誼文化實業股份有限公司
地址／台北市重慶南路二段75號　電話／（02）23913384（代表號）
客戶服務／service@hsin-yi.org.tw　網址／http://www.hsin-yi.org.tw
郵撥／10424361　上誼文化實業股份有限公司　定價／280元　2014年1月初版
ISBN／978-957-762-547-2　印刷／沈氏藝術印刷股份有限公司

有版權・勿翻印　如有破損或裝訂錯誤請寄回更換　讀者服務／信誼・奇蜜親子網　www.kimy.com.tw

到喜馬拉雅山健行

歐爸爸一家到亞洲的喜馬拉雅山。這是世界上海拔最高的山脈,從山下往上看,實在太壯觀了!
歐爸爸在登山口幫大家拍完照片,一家人準備要出發了。想看他們怎麼登上喜馬拉雅山嗎?
快翻到下一頁……

尼泊爾文的「你好！」

喜馬拉雅山

我們在聖母峰的山腳下走了好幾天，它是喜馬拉雅山的主峰，也是世界第一高峰（海拔8848公尺！），被稱為是「世界的屋頂」，尼泊爾人稱它是「薩迦瑪塔」，意思是「天空之女神」！

小芙和登山嚮導

杜鵑是尼泊爾的國花

聖母峰在尼泊爾和西藏的交界

我是一隻ㄍㄡˇ
「狗」的尼泊爾文叫「庫庫爾」

爬完山，尼克累翻了

你能在上一頁找出這些圖嗎？

用頭背著竹籃的小孩

舍利塔

雪怪壁畫

喜馬拉雅山出產世界上最細、最暖的羊毛

生活在高山地帶的雪巴人，是天生的登山嚮導

站在阿瑪達布朗峰前的歐爸爸

雪怪

據說這種毛茸茸的大猴子躲在喜馬拉雅山裡，很多雪巴人都曾看過牠……

西藏人的首飾，在南池巴札的市場買的

氂牛毛的絨球

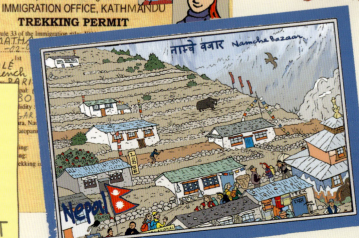

探索尼斯湖的祕密

歐爸爸一家到蘇格蘭玩。他們的朋友麥奎格,要在城堡舉行家族五百年的慶祝活動,歐爸爸是他們邀請的貴賓。前往城堡的路上有很多好玩的事等著他們,快一起來看看……

抵達港口後，（歐媽媽）搭上一輛（計程車）前往城堡，可是車子在半路拋錨了！
歐媽媽走到湖邊，突然看見湖上出現了一個奇怪的東西，那是有名的尼斯湖水怪嗎？
（歐爸爸）準備穿上（蘇格蘭裙）去參加宴會，不過有一頭羊把他的蘇格蘭裙偷走了，請你幫他找一找。

哈囉！來看我們的紀念品吧！

蘇格蘭

爸爸穿著皺巴巴的蘇格蘭裙，最後一個趕到。
我和小芙沒有看到尼斯湖水怪，不過，我們在麥奎格城堡玩得很開心！

麥奎格城堡位在蘇格蘭高地

雪特蘭島
高地
尼斯湖
愛丁堡
蘇格蘭
英格蘭

我們在城堡前和麥奎格一家人合照

尼斯湖水怪

據說牠身長五公尺，生活在很深的湖底，很多人宣稱見過牠，但都未被證實。

黏在爸爸蘇格蘭裙上的綿羊毛

用格子絨布做成的襪飾

你能在上一頁找出這些圖嗎？

 吹風笛的樂手

 漆成黑色的房子

 運送威士忌的人

 巨石陣（由環狀列石及環狀溝組成）

 城堡的遺跡

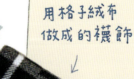

薊是蘇格蘭的國花

菜單：
蘇格蘭羊肉湯
（裡頭有羊肉、甘藍菜、大麥）
哈吉斯
（肉餡羊肚，也就是羊雜碎）

Scotland

亞馬遜雨林探險

歐爸爸一家到南美洲的亞馬遜雨林探險,這是地球上最大、物種最多的熱帶雨林,他們決定坐獨木舟從亞馬遜河順流而下,好好探索這個地區。想和他們一起經歷這趟大冒險嗎?快翻到下一頁!

亞馬遜雨林

咕！來看紀念品吧！

我們乘坐獨木舟，順著亞馬遜河的支流划了一小段，一路上，看到了色彩繽紛的鸚鵡，還有會咬人的食人魚！

爸爸和當地的村民
（他們是住在河邊的卡布克羅人）

南美洲
哥倫比亞　委內瑞拉
獨木舟的路線
法屬蓋亞那
秘魯
亞馬遜河
巴西
森林
森林開伐區

紫藍金剛鸚鵡　五彩金剛鸚鵡

食人魚

亞馬遜雨林的記錄

亞馬遜雨林是全世界最大的熱帶雨林。亞馬遜河是全世界流量最大的河流，在河裡可以釣到象魚，牠是一種巨大的淡水魚，可以長達3公尺，重達100公斤！

你能在上一頁找出這些圖嗎？

 划獨木舟的小孩

 釣到象魚的人

村民給的水果

酪梨　砲彈樹的果實　腰果的果實

多虧了蚊帳，我們才沒有被蚊蟲咬！

五個冒險家

 吊床：美洲的印地安人一千多年前就會製造了

 這種樹的樹藤，會勒死別的樹

菜單：
煙燻猴肉
烤蟒蛇肉片
亞馬遜螞蟻頭

 砍伐森林的伐木機

Amazonas

14

迫降撒哈拉沙漠

歐爸爸一家在非洲,他們乘著熱氣球,在撒哈拉沙漠上空飛行。
原本,他們要在天黑以前飛到馬利共和國的通布圖區,可是熱氣球突然故障了,得緊急降落!
想知道這趟冒險後來發生什麼事嗎?快翻到下一頁……

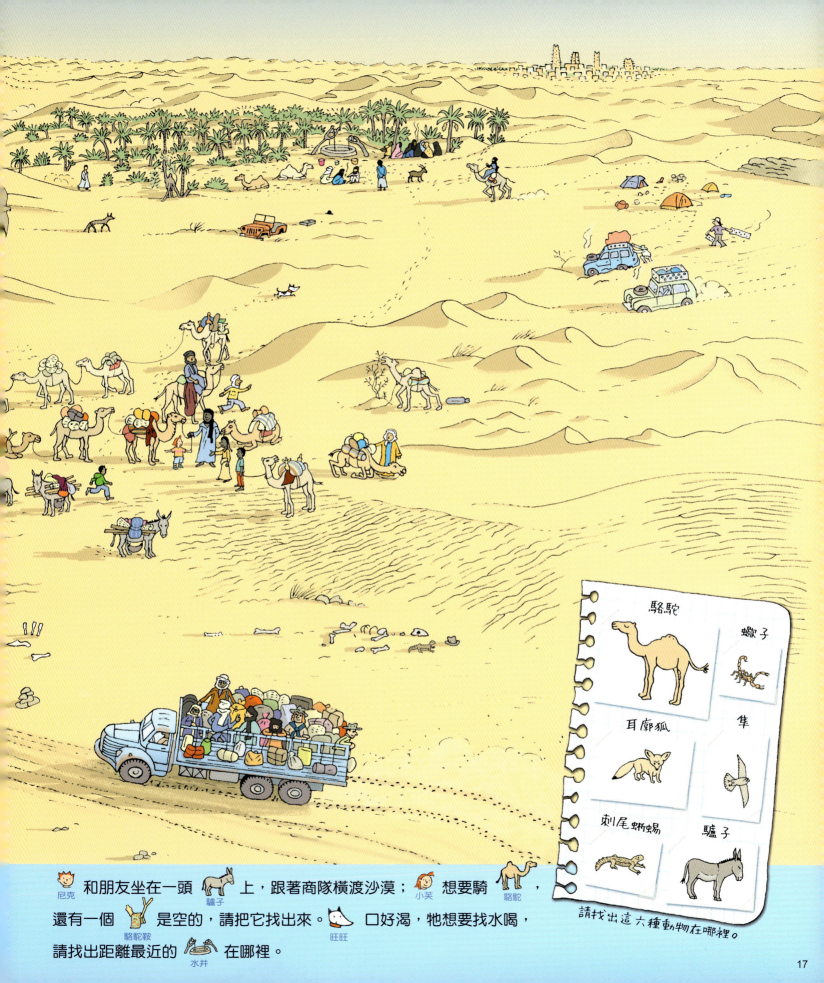

撒哈拉

صحراء
阿拉伯文的意思是「沙漠」

我們降落在沙漠後，爸爸還是沒有把故障的熱氣球修好，幸好，圖瓦雷克人的商隊經過幫了我們……

沙漠的小鳥 —「木拉木拉」

刺尾蜥蜴

小芙和商隊頭兒阿梅德，他的小孩提澤利、伊澤姆

伊澤姆送的禮物

突尼西亞
摩洛哥
阿爾及利亞
利比亞
埃及
撒哈拉
毛利塔尼亞
馬利 通布圖
尼日
查德
蘇丹

熱氣球降落的地方

這兩頭駱駝在鬧脾氣

做圖瓦雷克沙拉用的蔬菜

單峰駱駝的食物

菜單：
塔傑拉（沙烤麵包）
阿季吉拉
（小米糊加椰棗、碎乳酪）
圖瓦雷克沙拉
駱駝奶
茶

（我們吃了鮪魚罐頭配飯、椰棗，還喝了用藥錠淨化過的水！）

你能在上一頁找出這些圖嗎？

圖瓦雷克人的營地

正在休息的駱駝

帶刺的金合歡
它有小小的葉子
大大的刺

載貨的卡車

撒哈拉的記錄
- 世界上最大的沙漠
- 太陽最烈的地方
- 氣溫有時會超過攝氏50度
- 脫水的駱駝，可以一口氣喝下100公升的水！

騎腳踏車出遊的人

汽車拋錨的觀光客

Tombouctou
MALI

到阿爾卑斯山遠足

歐爸爸一家到瑞士的阿爾卑斯山遠足。到達的時候,正好遇到山上要舉行鬥牛大賽,他們跟著乳牛和人群的隊伍走,你也想一起去嗎?

這會兒，尼克 正在耙乾草，準備堆成一座 乾草堆，咦？他的 帽子 跑到哪去了呢？

歐媽媽 要去學做瑞士乳酪，她需要一壺 牛奶、一個 鋼鍋 和一把木製 湯匙，請幫她把這些東西找出來。

旺旺 正在跟一隻 聖伯納犬 賽跑，你覺得他們誰會贏呢？

瑞士阿爾卑斯山

來看紀念品囉！

我們的朋友住在瑞士南部的瓦萊州,當地說法文和德文

阿爾卑斯山是歐洲最高的山脈,有128座超過4000公尺的山峰！

高山火絨草是阿爾卑斯山居民的象徵標誌

尼克和德司特拉茲先生

比賽結果,冠軍是十六號乳牛「褐妞」！

這裡用的是法郎！

小芙和尼克在木屋別墅裡

你能在上一頁找出這些圖嗎?

舉著瑞士國旗的人

吹奏阿爾卑斯山號角的人

乳酪:
← 僧侶頭乳酪
← 格呂耶爾乳酪
← 艾蒙塔乳酪（有很多的洞）

摘藥草製作藥水的女孩

高山火車

攀岩

鋼索棧道

需要的攀爬裝備:
頭盔
金戟鎖
吊帶
繩索

鋼索棧道是一條設有鋼索和梯子的路,可以讓攀岩變得比較容易。

「小瑞士人」這種乳酪點心,其實是來自法國的諾曼第!

菜單:
哈克雷乳酪
（融化的乳酪）
席伊（用黑麥麵包、接骨木糖漿、葡萄乾、葡萄酒做成的點心）
巧克力

我們買了兩把瑞士刀

瑞士也是巧克力王國

這座山峰是瑞士的象徵之一,法文叫瑟爾凡峰（義大利文是切爾維諾峰,德文是馬特洪峰）

去加勒比海潛水

歐爸爸一家到加勒比海的小島度假。歐爸爸正坐在沙灘上念加勒比海盜的故事，這時，旺旺咬來一個閃閃發亮的東西，竟然是一枚金幣！
這裡還藏著什麼寶藏呢？快翻到下一頁……

看看我們的紀念品吧!

加勒比海

旺旺在沙灘找到很多貴重的錢幣,說不定是海盜埋的寶藏。
不過,我們在海底發現的魚「更特別」*!

*所有的魚可以在上一頁找到!

尼克、媽媽和科學家朋友

我們渡假的小島在這裡

墨西哥紅石斑魚

旺旺趴在找到的錢幣上面

刺蝶魚

你能在上一頁找出這些圖嗎?

潛水
潛水裝備
這個手勢代表「沒問題」
蛙鏡
水深計
潛水氣瓶
蛙鞋

毒番石榴樹是加勒比海海灘上常見的樹

蟲胡蝶魚會用牠的假眼睛嚇人!

海綿(牠是活的)

梭魚雖然看起來很兇,但是很少攻擊人

賣水果的女人頭上包著馬德拉斯布

(馬德拉斯布是加勒比海女性包的頭巾)

曼波魚最重有1000公斤,以水母為食物

海盜:十七世紀時,這個地區有很多海盜!

開著小船的漁夫

管口魚

笛鯛

菜單:
炸魚丸
綠檸檬笛鯛
佛手瓜

在海底漫步的潛水客

The Caribbean Les Caraïbes El Caribe

澳洲探險

歐爸爸一家到了南半球的澳洲。他們和澳洲朋友一起去烏魯魯國家公園,欣賞著名的巨石景觀。
第一站:「魔鬼彈珠」,這裡的大石頭圓滾滾的,小孩子們爬上爬下玩得很開心。
下一站是哪裡?翻到下一頁就知道了……

嘿!來看我們的紀念品!

澳洲

在澳洲的「紅色中部」,我們跟澳洲朋友一起去探索「蠻荒區」(沙漠),而且還睡在露營車裡喔!

尼克、艾略特先生和傑克

幾個紀念品
澳洲動物的絨毛娃娃
鴨嘴獸
無尾熊
一支漂亮的迴力鏢

尤加利樹是一種澳洲的原生樹

達爾文市
滕南特克里克
魔鬼彈珠
愛麗絲泉
烏魯魯(愛爾斯岩)
紅色中部
阿得雷德
雪梨
坎培拉
澳洲
行程路線:———3000公里!

澳洲原住民是最早居住在澳洲大陸或附近島嶼的民族。
十八世紀,澳洲島嶼被英國殖民者佔據後,直到1976年,有些土地才歸還給他們,其中包括烏魯魯……

魔鬼彈珠

你能在上一頁找出這些圖嗎?

烏魯魯是原住民的聖山

尋找金礦的老人

袋熊

自由式是澳洲人發明的

鳳頭鸚鵡

菜單:
肉派:
一種包肉的捲餅
帕芙洛娃:
鮮奶油蛋白糖霜餅加水果

↓
我們也吃了塗果醬的啤酒酵母麵包……

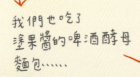
我不敢吃!

→ 還有鴕鳥肉乾、袋鼠肉乾、鱷魚肉乾!

逛塞內加爾市集

歐爸爸一家搭客運快車在非洲西部玩。沿路上，尼克和旺旺看到了猢猻樹和大白蟻的蟻丘，等一下他們就要抵達塞內加爾，去拜訪當地朋友住的村子，你也跟著一起去吧！

歐爸爸一家到了村子。一大早,小芙跟朋友艾榭去學校上課,咦?老師的課本不見了,是誰拿走了呢?
尼克和朋友賽杜在村裡的大樹旁踢足球,他們發現一顆和足球一樣大的蛋,猜猜看,這是什麼蛋呢?

意思是「早安」!

塞內加爾

為了去村子拜訪朋友,我們搭了客運快車。車子開了好久,到達的時候,剛好趕上當地的市集,我們在那裡買到超便宜的東西!

小芙和阿瑪杜、班圖、巴卡。

爸爸去理髮店剪髮

理髮前

理髮後

↑ 做傳統長袍的布料

頭上頂著東西、背著小嬰兒的媽媽

正在聊天的村民

回收的物品

搗小米的婦人

在水槽邊洗衣服的婦人

你能在上一頁找出這些圖嗎?

市集裡買到的東西

水果和蔬菜:
薯
秋葵
花生

碗盤:
葫蘆和猴猻樹果實做的碗

貨貝串成的首飾

客運要等到全部坐滿才開車!

猴猻樹的種子

菜單:
提布典(魚飯)
亞薩雞(加了洋蔥和檸檬)
洛神花茶

貝殼錢
以前被拿來當作交易的貨幣

猴猻樹是塞內加爾的象徵之一

在洛磯山脈過萬聖節

秋天來了，歐爸爸一家到北美西部的洛磯山脈度假。
尼克和小芙看見一輛箱型車載著扮成吸血鬼、幽靈和南瓜的小孩，
咦？為什麼他們要打扮成這樣呢？你知道是怎麼一回事嗎？

嗨！看看我們的紀念品！

洛磯山脈

蒙大拿州的秋天非常美麗，媽媽去拜訪住在當地的朋友——布魯克，她的女兒貝蒂邀請我們參加萬聖節化妝舞會，真是太酷了！！

小芙和貝蒂打扮成巫婆

布魯克住在美國的蒙大拿州

布魯克

不要把食物留在野外，否則會吸引熊過來。

你能在上一頁找出這些圖嗎？

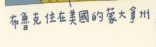
砍柴的樵夫

騎牛受傷的人

買完冰的牛仔

採收南瓜的婦人

小海盜和小怪獸

萬聖節

每到這個節日，小孩會打扮成各種造型，沿著家家戶戶按電鈴，大喊著：「TRICK or TREAT」，意思是「不給糖，就搗蛋！」

Greetings from MONTANA

菜單：
馬鈴薯煎餅
整根的玉蜀黍
南瓜派

南瓜原產於中、南美洲，是萬聖節的象徵之一。萬聖節晚上，南瓜會變成一個可怕的角色：傑克南瓜燈。

遊印度駱駝市集

歐爸爸一家在印度西北部的拉賈斯坦邦。當地導遊拉薩,帶他們騎大象到普希卡城,那裡是買賣動物的交易中心喔!你也想去的話,就快翻到下一頁吧!

那瑪斯帖！來看我們的紀念品！

拉賈斯坦

拉賈斯坦的意思是「王公貴族的國度」，我們參觀了好多皇室的宮殿，不過，最好玩的還是駱駝市集！

導遊跟當地的男人一樣，留鬍子和纏著頭巾

地圖：巴基斯坦、中國、德里、尼泊爾、塔爾沙漠、普希卡、恆河、拉賈斯坦、印度、孟買、孟加拉、印度洋、印度洋

普希卡的市集
camel fair

這裡是全世界最古老的動物市集，已經有三千年的歷史！駱駝在沙漠國家是很珍貴的動物，牠可以當拖拉機、貨車、計程車，甚至還可以賽跑！

在印度，牛是神聖的動物，可以自由活動

旺旺特別打扮好去市集

你能在上一頁找出這些圖嗎？

- 駱駝的理髮師
- 吹蛇人
- 通往水邊的石階
- 苦行僧
- 纏頭巾的人：有5公尺的布要纏上去！

PUSHKAR　INDIA

綠茶的葉子

旺旺戴的絨球

菜單：
查帕提（烤餅）
辣椒泥
印度奶茶
（茶加奶、糖、香料）

我們手上的彩繪是用曼海蒂（指甲花的粉末）畫成的！

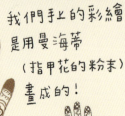
歐媽媽　小芙

指甲花的葉子

到北極圈過聖誕

歐爸爸一家跑遍了世界各地,現在他們來到冰天雪地的北極圈。
這個地方到處都是杉樹,地上也覆滿了白雪,咦?他們乘著雪橇要趕去哪裡呢?
掛著鈴鐺的馴鹿好像認得路⋯⋯快跟著牠們走吧!

叮叮噹！聽到鈴鐺的聲音，是聖誕老公公駕著馴鹿來了嗎？
尼克在倉庫裡發現一輛裝滿禮物的雪橇；好奇的小芙，站在一棟紅色房子的窗前，
裡頭有一位白鬍子的老先生⋯⋯他會不會是聖誕老公公呢？

北極圈

我們不太確定聖誕老公公住在哪裡，不過，這次我們去北歐找他……。也許，聖誕老公公不只一個，這樣才能把所有的聖誕禮物都送出去！

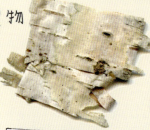
小芙看到的老先生有可能是聖誕老公公！

撿到的樺樹樹皮

菜單：
馴鹿肉泥
波羅的海鯡魚
烤鮭魚
覆盆子

我們在北極圈買了好多禮物

你能在上一頁找出這些圖嗎？

- 載玩具的雪橇
- 運送禮物的人
- 載著禮物的履帶車
- 走路送禮物的人
- 放禮物的倉庫

樺木做的玩具

在倉庫裡看到的

聖誕老公公

他應該住在拉布蘭（薩米人住的地方，位在歐洲的最北邊）。那裡有很多馴鹿，聖誕老公公需要牠們幫忙運送禮物！

God Jul　Joyeux Noël
Merry Christmas
Hyvää Joulua

　　這趟精采的旅行，歐爸爸一家人永遠不會忘記。
旅行回到家，尼克、小芙和旺旺等不及拿出所有的紀念品，
　　他們把每個地方的明信片，貼在一張世界地圖上，
　　　快翻到下一頁，一起回顧他們去了哪些地方吧！

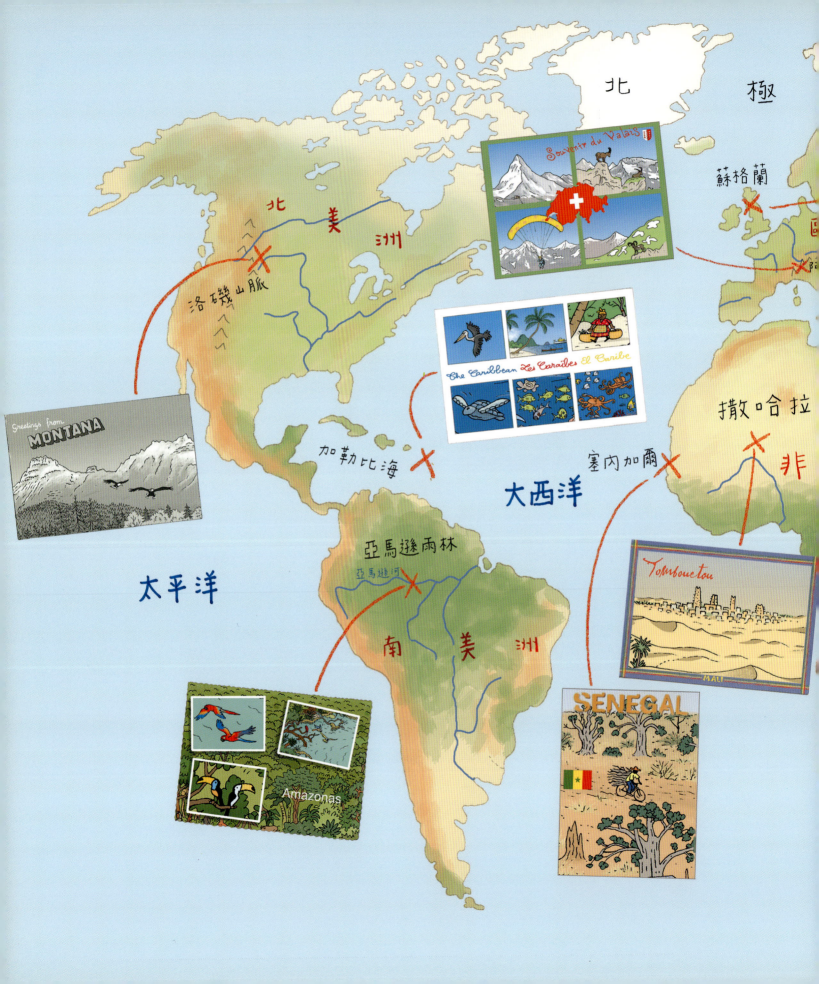